飛，我一直想飛

文·圖　林煥彰

林煥彰

宜蘭人。 1939年生, 20歲開始學詩、 畫畫。 已出版著作《一個詩人的秘密》、 《妹妹的紅雨鞋》 等七十餘種, 部分作品被譯成十多種外文, 並已出版中、 英、 韓、 泰文對照版詩集《孤獨的時刻》 和圖畫書多種。 2007年出版短詩集《分享‧孤獨》 及童詩集《夢和誰玩》、 《花和蝴蝶》、 《夢的眼睛》 ; 2008年1月出版現代詩集《翅膀的煩惱》 ; 同年2-4月擔任香港大學首任駐校作家。

目^{ㄇㄨ} 次^ㄘ

飛，我一直想飛

飛，我一直想飛

看到鳥兒從窗前飛過

我就想學著牠們，把雙手伸直

衝向藍天

飛，我一直想飛

鳥兒都飛到樹梢上棲息，

我還在窗前發呆，

平伸的雙手，也忘了收回來

像乾枯的樹枝，

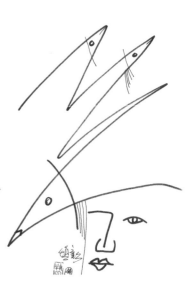

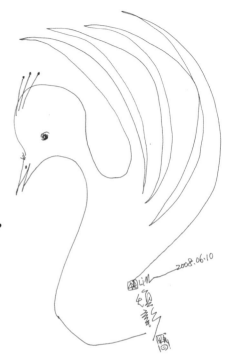

怕一放下就折斷了！

想飛，是一件很單純的事，
但我不是鳥兒，
手不能變成翅膀，
翅膀不能沒有羽毛，
羽毛要又豐又滿！

 延伸・閱讀

★ 詩的動機 ★

　　「詩是苦悶的象徵」，日本廚川白村說的。

　　這首詩，我是想為即將邁進「少年」的

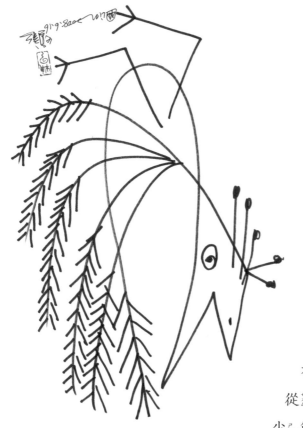

小朋友寫的；但也不否認，是為自己某個時候有著低落的心境而寫；誰能說他沒有苦悶呢？

　　在人生的成長過程中，似乎每一個階段都會有著相當的煩惱。尤其，從「後兒童期」要進入「前少年期」這個充滿危機的階段，在心理的複雜變化上，顯得更加苦澀和艱難。

　　原因是在即將面對人生的諸多問題和壓力，在似懂非懂的精神困境裡，無法平順的承受，在價值觀念從而產生偏差、矛盾的心理和叛逆的行為，是極為莫名其妙的。

　　詩能抒發苦悶，但也有它的無奈的地方。

★詩的方法★

　　怎麼想，就怎麼寫，也是詩的一種表現方法。刻意的想用某種方法來表現詩，詩未必就能乖乖的聽你的話。

　　順其自然，就是最好的方法。

　　當然，這樣的方法，還是作者自己本身必須先產生「詩的要件」；就如女性生小孩一樣，她必須先「懷孕」，那是受苦受難的過程。作者想寫一首詩，他必須要有一個強烈的意念想表現什麼。然後就根據這個意念去「醞釀」，不斷設想、想像、型塑這個未來的「寶寶」。

　　我「醞釀」這首詩的時候，是在「苦悶」中進行的。想像我如何把「飛，我一直想飛」的意念和情緒「醞釀」到最為飽滿的程度，然後才「順其自然」的把詩這個「寶寶」釋放出來。

　　如此而已。其實，也是很辛苦的。

★ 詩的欣賞 ★

　　寫詩的過程，就是「懷孕」的過程。一首詩的誕生，就是一個嬰孩的誕生。如果你能了解「醞釀」寫詩的過程，你就能以同情與愛憐的眼光去體會欣賞一首詩。

　　「飛，我一直想飛」是某種「悲劇性」的想法：人是飛不起來的。當然，解讀一首詩，我們不能只就字面的意義來看它。詩是有所暗示的，也有所象徵。欣賞一首詩，如果你能夠從「暗示」和「象徵」的某些聯想、想像去發揮，你所獲得的感受，必然比別人多。

　　詩的表現，不是只有一種方法；欣賞詩的方法，也不是只有一種。

加加減減

有一個數字，相當遙遠，遠到已經模糊，已經看不見，聽不著了，那個渺渺小小的數字，越去越遠……

我的實際年齡減掉一個花甲剩下的就是我的童年；我的笑聲加上無知加上愛哭減去歡樂就是我的童年；我的生母離開我讓我和養我的母親一起生活而不知我有兩個母親就是我的童年；我的智商如果有一百加上勤學再減掉一半就是

我的童年； 我的夢築在牛背上又從牛背上滑下來又掉到牛糞上臭死了的就是我的童年； 我的童年就是這些加加減減， 還有那些加加減減， 都是我的童年。

我的童年在我的人生裡酸甜苦辣， 加加減減， 永遠是加加減減。

 延伸‧閱讀　　1.什麼加加減減？

什麼東西可以加加減減？
加加減減有什麼意義？
加加減減之後還有什麼？
我用「加加減減」寫我的童年， 也寫我的人生。

「加加減減」看起來很輕鬆，「人生」卻不是這麼輕鬆！

我寫過不少與童年有關的題材，這一首是很不一樣的表現；從形式來看，它是「散文詩」。

2.每一首都不一樣

「童年」是一個永久的主題，每一個人都有不同的童年生活、際遇和記憶；關於這個主題，是永遠書寫不完的。我曾寫過很多

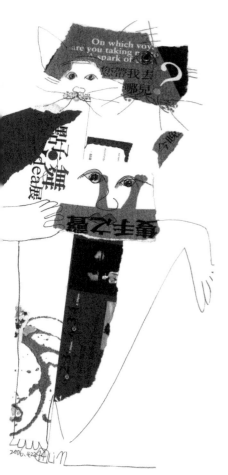

首首童年的詩，每一首都不一樣；
下面一首也是全然不同的想法和
寫法：

碎石子的小路

把一條碎石子的小路搓了又搓，
在我小時候住過的家門口；

搓了又搓一條細長的繩子，
我好想念我曾經玩過的陀螺。

紅鬍子

—— 玉蜀黍‧玉叔叔

玉叔叔，很有錢

每一顆牙齒，都是

鑲金的。

所以，他說的話

很有權威，句句都是

閃閃發光。

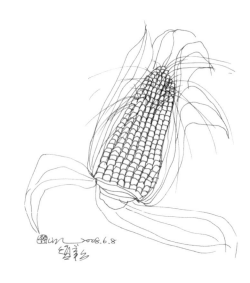

延伸‧閱讀

＊看到玉蜀黍，你會想寫一首詩嗎？

吃玉蜀黍的心情

玉蜀黍有很多牙齒，

每一顆都像玉一樣， 會發光

開始時， 我要咬它

它好像也要咬我。

我看了半天， 研究了半天

不知該從什麼地方咬下去！

玉蜀黍的牙齒， 很整齊

每一顆都潔白如玉；

我仔細看了又看，

我吞了吞口水， 我告訴自己
吃了再說；
我鼓起了勇氣， 吃了再說。

玉蜀黍有很多牙齒，
但每一顆都不怎麼硬；
我一粒一粒地咬， 它也一粒一粒地掉
我整排整排地咬， 它也整排整排地掉
我慢慢地咀嚼， 慢慢地咀嚼
玉蜀黍， 嗯！
我的心情， 是滿好的。

▲ 我是玉叔叔，我的牙齒潔白如玉。

格雷陸方蟹，早安

── 一位新朋友

清晨，我有健行的習慣
幽靜的龜尾湖呀！
我再怎麼愛睏也得早起，繞你一圈
聽說格雷陸方蟹將軍，
就住在你美麗的湖畔。

格雷陸方蟹，他是喜歡穿著
紫色盔甲的，又多喜歡夜間出遊
我得趁他還有遊興之前

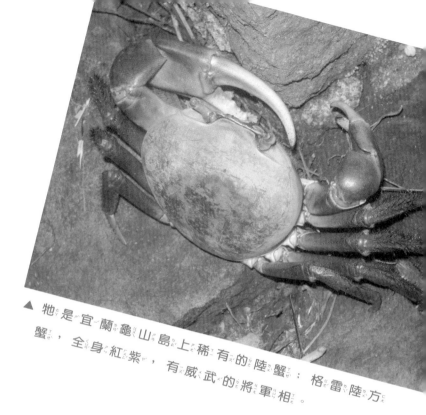

▲ 牠是宜蘭龜山島上稀有的陸蟹：格雷陸方蟹，全身紅紫，有威武的將軍相。

去拜訪他，

在路上

向他道早安

沒事先約定的

我是否會有這份榮幸

在他路過的地方， 和他邂逅？

我是慕名的， 只想看看他

這位很酷的駐在島上的大將軍。

我盡量放低腳步， 並已繞湖半圈

向來我是有些幸運的；

正想著的時候， 就在安山岩鋪成的

台階上

格雷陸方蟹將軍， 和我

真的

不期而遇了

早安！ 大將軍， 早安！

早安！ 大詩人， 早安！

夢中樹

睡覺時， 我變成一棵樹
一棵高大正直的樹；

我雙腳併攏， 它們就開始長出根鬚
扎入夢土中， 吸取夢的養分；
我雙手伸開， 它們就長出枝椏
長出葉子， 向天空喊話
歡迎鳥兒們都來， 築巢下蛋
養育牠們的下一代；

攝影： 邵亢虎

歡迎孩子們都來玩耍，　在樹蔭底下
辦家家；
也可以爬到我身上，　捉迷藏
但不准搗蛋，　不准驚嚇所有的鳥兒

我喜歡聽到，　孩子們的笑聲；
我也喜歡聽到，　鳥兒們的歌唱
嘰嘰喳喳，　嘰嘰喳喳……

 延伸‧閱讀　　詩是什麼？

＊ 詩是善良的語言；善良的語言，　就是詩。

夢中夢

蝴蝶背上，　有一個
夢中夢
它是，　一個小男孩的
夢

這個夢是
有顏色的，　有高度的
等同於我的遠見
我的未來

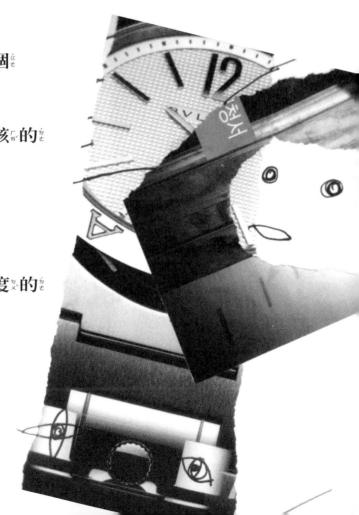

那個小男孩， 一直
趴在蝴蝶背上， 採集四季的花朵
日夜都在編織， 那個
夢中的
夢

延伸・寫作練習

* 試一試： 寫是最重要的。
* 從這個夢到另一個夢， 設法想出夢中不同的奇特情境， 你就能寫出一首和夢有關的詩。

通泉草的秘密 (1)

通泉草，吐著小舌尖
她，不是因為口渴；
哪兒有清涼甘甜的泉水，
她都知道。

聽，我聽──
我聽到潺潺的水聲，
從心裡流出
大地的聲音。

▲ 通泉草可愛的小花。

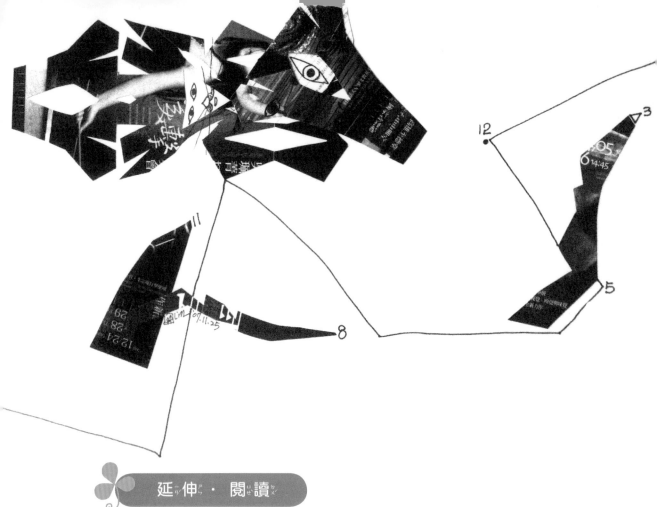

* 傾ˊ聽ˉ， 是ˋ一一種ˇ謙ˉ卑ˇ的ˋ人ˊ生ˉ態ˋ度ˋ；

　傾ˊ聽ˉ， 你ˇ就ˋ有ˇ機ˉ會ˋ聽ˉ到ˋ沒ˊ有ˇ聲ˉ音ˉ的ˋ聲ˉ音ˉ——

　那ˋ就ˋ是ˋ你ˇ自ˋ己ˇ的ˋ心ˉ靈ˊ的ˋ聲ˉ音ˉ；

　最ˋ珍ˉ貴ˋ的ˋ聲ˉ音ˉ。

通泉草的秘密 (2)

她們， 十分嬌小
喜歡穿著淺紫色的小洋裝
更高興的是， 每天都
開出朵朵的喜悅來

她們， 向來喜歡涼快
喜歡帶點兒潮濕；
哪裡有水， 就往哪兒跑
成群結隊， 嘻嘻哈哈

她們，小小的
臉蛋兒
笑笑的模樣，
笑笑的
誰能說玩得不夠開心？
笑笑的臉蛋兒，小小的
大大方方，吐出甜甜的舌尖兒

口渴了嗎？她們——
不，不是的，是驚喜
是她們在遊戲中，找到了
大地的秘密。

飛，只是想飛而已

飛，只是想飛而已

想飛，就感覺是

飛了起來

我們，冉冉上升

我們，不要翅膀

我們想飛，

就飛了起來，而且是

高高興興的

飛了起來

 延伸・想像

* 「想飛」是很單純的想法，對自己會有一種向上的期許和激勵的作用。

* 「飛」要有翅膀，那是鳥類的必然；對人類來說，「飛」是一種精神上的想望。

尋找自己的天空

我們，都很單純
只是悶悶不樂而已；

我們，走在同一條路上
但每個人都有不同的際遇；
像一棵銀杏樹上的葉子，
每一片都朝向陽光，
可並非每一片都能得到
相同的照顧。

我們，默默的向前走
但望每個人都能找到
自己心裡所想的；
像每棵白樺樹，有自己的天空
一直向上成長

延伸‧想像

＊ 成長是一種探索的旅程；人生的「旅程」
是「單向」的，不同時段走過的旅程，是無
法回過頭來重新再走。所以，每一個階段的
旅程，既然已經上路了，就得認真走下去。

＊ 〈尋找自己的天空〉，我的寫作意念是想
提供給讀者：重視任何一次選擇的重要
性，並勇於承擔自己選擇的結果。

不睡覺的小雨點兒

滴哩哩， 滴哩哩，
小雨點兒， 滴哩哩……

下來就下來嘛，
怎麼有那麼多話？
滴哩哩， 滴哩哩，
整夜都在屋頂上，
滴哩哩， 滴哩哩，
不停的說話， 不停的
彈上又跳下！

滴哩哩， 滴哩哩，

好討厭的

不睡覺的小雨點兒！

延伸‧閱讀

* 「滴哩哩， 滴哩哩」是不是一種很好聽的聲音？ 如果下雨的時候， 你覺得它很討厭， 模擬它的聲音「滴哩哩， 滴哩哩」在心裡默念幾遍， 你原先厭煩的心理是不是可以獲得改善？

* 能改變心境就是好的開始； 有好的心境， 就能讓你產生美好的感受和美好的感覺； 美好的感覺就是詩的感覺。

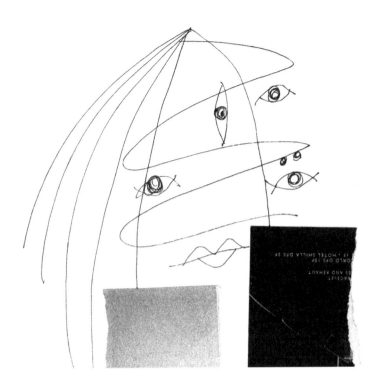

小雨點兒不睡覺
（倒著念一首詩）

* 倒著念一首詩的感覺會有什麼樣的感覺？
* 什麼樣的詩可以倒著念？
* 試試看：把前面那首詩倒著念，是不是很好玩？倒著念會有什麼樣的感覺、什麼樣的發現？

小雨點兒說

從天上要跳下來之前，
我以為地球是一顆
綠色的寶石；
當然，失望是難免的。

在剛剛要跳下來的時候，
我想像地球一定會有
很可愛的人；
當然，失望是難免的。

在快要抵達地面的時候，
我很想快快回到
天上的家；
當然，後悔是
已經來不及了！

在山路上

五色鳥，在上早課；
蟬，朗讀
夏日心經。

山，還在沉睡，
他不敢打出鼾聲；
霧，有多濃
睡眠就墜落，有多深？

我在山路上，

丈_{ㄓㄤ}量_{ㄌㄧㄤ}土_{ㄊㄨ}地_{ㄉㄧ}，也_{ㄧㄝ}丈_{ㄓㄤ}量_{ㄌㄧㄤ}
自_ㄗ己_{ㄐㄧ}的_{ㄉㄜ}身_{ㄕㄣ}體_{ㄊㄧ}。

 延_{ㄧㄢ}伸_{ㄕㄣ}・思_ㄙ考_{ㄎㄠ}・寫_{ㄒㄧㄝ}作_{ㄗㄨㄛ}

你_{ㄋㄧ}可_{ㄎㄜ}以_ㄧ為_{ㄨㄟ}這_{ㄓㄜ}張_{ㄓㄤ}圖_{ㄊㄨ}寫_{ㄒㄧㄝ}一_ㄧ首_{ㄕㄡ}詩_ㄕ。

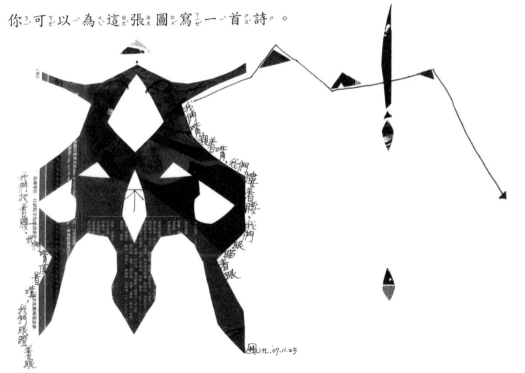

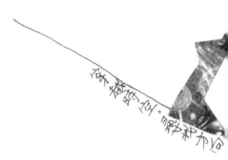

在寂靜的山路上

樹，呼吸的聲音

山，呼吸的聲音

大地，呼吸的聲音

雲，呼吸的聲音

霧，呼吸的聲音

我聽到的聲言。

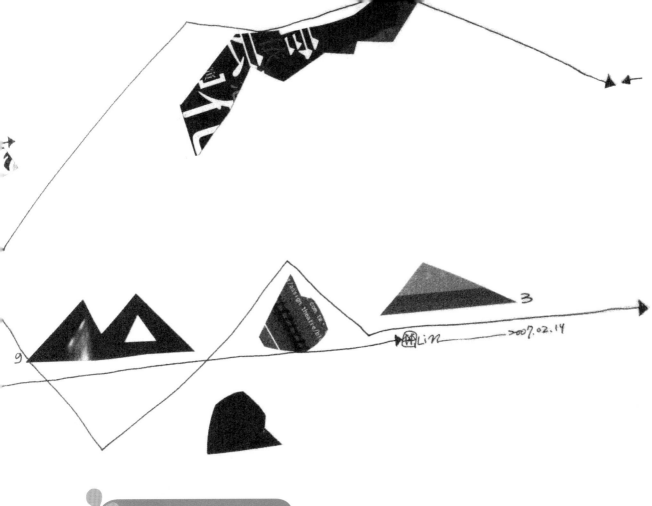

2007.02.14

　　在寂靜的山路上，我會有很多想像；因為我自己安靜下來，所以能聽到平時聽不到的聲音。

我的詩路

—— 汐碇路

汐碇路是我的詩路； 汐碇路是從汐止到石碇的路。

從2007年4月21日起， 我每天清晨五六點去走這條山路； 在這條山路上， 我自己專心走路， 邊走邊觀察， 也邊走邊思考； 我在做健身運動， 也在找詩寫詩； 我在這條路上寫了不少詩， 這條路就成了我的詩路。

延伸・閱讀詩想

* 「詩想」是寫詩時當下產生的一種想法，或者是一種創作的意念。意念的產生，可能就是形成寫詩的動機或主題意識。

* 在什麼樣的情境之下容易有強烈的寫作意念，我說不上來；但我深切體悟到：經常沉浸在思考裡，就有機會獲得突發、閃現的詩的意念。

影子

影子在左，
影子在右，
影子是個好朋友；
常常陪著我。

影子在前，
影子在後，
影子是隻小黑狗；
常常跟著我。

▲ 這是我的影子，我拍我自己。

 延伸 · 思考

你和自己玩過嗎？ 你和影子玩過嗎？

你和你自己的影子玩過嗎？ ……

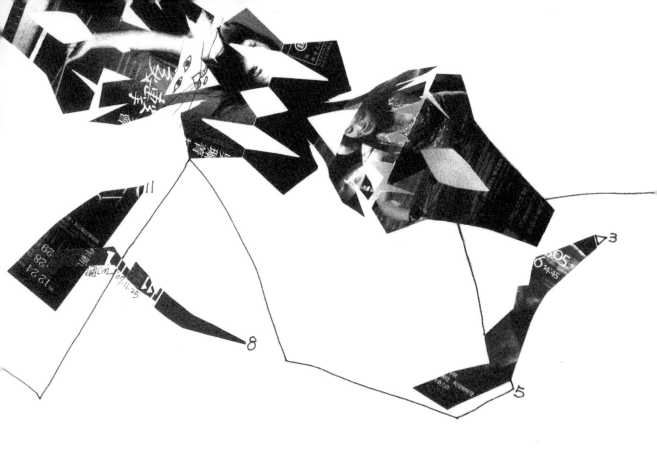

影子，無所事事

影子從我軀體走出來;

影子, 在走路
影子, 在散步
影子, 在跳舞
影子, 在遊戲……

影子, 無所事事!

延伸‧閱讀

　　　　不是影子沒事做, 只是我自己感覺很
優閒; 我在散步的時候, 我可以隨意想想;
愛想什麼就想什麼, 沒有負擔, 就覺得很優
閒、 很快樂。

我的影子

我的影子，　從我軀體走出；
我揹著剛出生的太陽，　走路
太陽給他能量，　他搶先
走在我前面。

我的影子，　他搶先走在我前面；
他走過每一棵樹，
每一棵樹都退到他後面；
他走過每一條路，
每一條路都退到他後面；

他ㄊㄚ走ㄗㄡˇ過ㄍㄨㄛˋ每ㄇㄟˇ一ㄧ座ㄗㄨㄛˋ橋ㄑㄧㄠˊ，

每ㄇㄟˇ一ㄧ座ㄗㄨㄛˋ橋ㄑㄧㄠˊ都ㄉㄡ退ㄊㄨㄟˋ到ㄉㄠˋ他ㄊㄚ後ㄏㄡˋ面ㄇㄧㄢˋ；

他ㄊㄚ走ㄗㄡˇ過ㄍㄨㄛˋ每ㄇㄟˇ一ㄧ座ㄗㄨㄛˋ山ㄕㄢ，

每一座山都在他的腳底下；
他走過每一寸土地，
每一寸土地都在他的腳底下；
他走向天涯海角，
天涯海角都在他的腳底下。

我揹著剛出生的太陽，走路
我的影子，有了太陽給他能量，
他永遠搶先
走在我前面……

行ㄒㄧㄥ

一個字，可以變成兩個；
我在紙上寫下：
「彳亍」
告訴自己：
小心慢慢走，不要跌倒喔！

用左腳右腳，慢慢向前走
慢慢走，可以邊走邊看；
看路邊的小花小草。
慢慢走，可以邊走邊想：
今天，我做了什麼？
長大以後，我要做什麼？

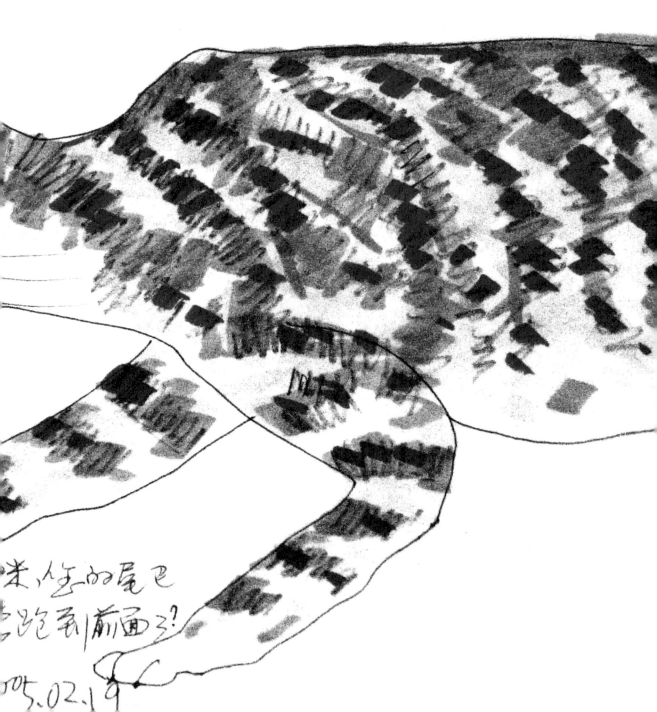

咪，你的尾巴
怎跑到前面了？

'05.02.19

小，我是小

每個人都有，自己的名字
小，小小小的小
也可以成為一個人的名字；
我的名字就是小，
小，就是我的名字。

小，小小小的小
有什麼關係。
小，我有很多好朋友
他們都好喜歡我；

常常讓我站在他們的前面。

我的好朋友當中，
有昆蟲：
小螞蟻，小蜜蜂，小蟋蟀，小蜻蜓，
小蝴蝶，小瓢蟲……
都是我的好朋友。

我的好朋友當中，
有植物：
小花，小草，小樹，小秧苗……
都是我的好朋友。

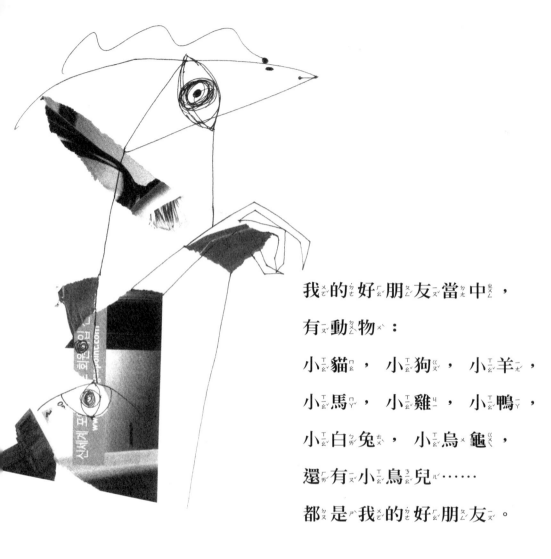

我ㄨㄛˇ的ㄉㄜ˙好ㄏㄠˇ朋ㄆㄥˊ友ㄧㄡˇ當ㄉㄤ中ㄓㄨㄥ，

有ㄧㄡˇ動ㄉㄨㄥˋ物ㄨˋ：

小ㄒㄧㄠˇ貓ㄇㄠ，　小ㄒㄧㄠˇ狗ㄍㄡˇ，　小ㄒㄧㄠˇ羊ㄧㄤˊ，

小ㄒㄧㄠˇ馬ㄇㄚˇ，　小ㄒㄧㄠˇ雞ㄐㄧ，　小ㄒㄧㄠˇ鴨ㄧㄚ，

小ㄒㄧㄠˇ白ㄅㄞˊ兔ㄊㄨˋ，　小ㄒㄧㄠˇ烏ㄨ龜ㄍㄨㄟ，

還ㄏㄞˊ有ㄧㄡˇ小ㄒㄧㄠˇ鳥ㄋㄧㄠˇ兒ㄦˊ⋯⋯

都ㄉㄡ是ㄕˋ我ㄨㄛˇ的ㄉㄜ˙好ㄏㄠˇ朋ㄆㄥˊ友ㄧㄡˇ。

我ㄨㄛˇ的ㄉㄜ˙好ㄏㄠˇ朋ㄆㄥˊ友ㄧㄡˇ當ㄉㄤ中ㄓㄨㄥ，

有ㄧㄡˇ玩ㄨㄢˊ具ㄐㄩˋ：

小風箏，　小陀螺，　小彈珠，　小紙船，

小飛機，　小汽車，

　　　小鈴鐺，　小燈籠……

它們都是我的好朋友。

小，　我的名字叫做小

叫做小，

還有許多好處；

好多文字也很喜歡跟我在一起，

成為好朋友。

大，會讓我坐在他頭上，

成為尖尖的尖；

土，也可以讓我坐在他上面

成為灰塵的簡體字──尘

它就是小小細細的土的意思；

還有很少的少，很高尚的尚

都跟我有關係。

如果你也會查字典，

你還會有新的發現；

有些少見的文字，也會和我

有親戚關係。

小ㄒㄧㄠ， 小ㄒㄧㄠ小ㄒㄧㄠ小ㄒㄧㄠ

我ㄨㄛ是ㄕ小ㄒㄧㄠ小ㄒㄧㄠ小ㄒㄧㄠ的ㄉㄜ小ㄒㄧㄠ；

你ㄋㄧ說ㄕㄨㄛ， 我ㄨㄛ是ㄕ不ㄅㄨ是ㄕ

很ㄏㄣ可ㄎㄜ愛ㄞ， 又ㄧㄡ很ㄏㄣ有ㄧㄡ人ㄖㄣ緣ㄩㄢ呢ㄋㄜ？

延ㄧㄢ伸ㄕㄣ· 閱ㄩㄝ讀ㄉㄨ

＊ 這ㄓㄜ首ㄕㄡ詩ㄕ和ㄏㄜ前ㄑㄧㄢ一ㄧ首ㄕㄡ〈行ㄒㄧㄥ〉都ㄉㄡ算ㄙㄨㄢ是ㄕ「文ㄨㄣ字ㄗ詩ㄕ」；
從ㄘㄨㄥ一ㄧ個ㄍㄜ字ㄗ的ㄉㄜ形ㄒㄧㄥ或ㄏㄨㄛ義ㄧ或ㄏㄨㄛ其ㄑㄧ他ㄊㄚ相ㄒㄧㄤ關ㄍㄨㄢ的ㄉㄜ聯ㄌㄧㄢ想ㄒㄧㄤ， 去ㄑㄩ
想ㄒㄧㄤ像ㄒㄧㄤ詩ㄕ的ㄉㄜ感ㄍㄢ覺ㄐㄩㄝ和ㄏㄜ美ㄇㄟ好ㄏㄠ的ㄉㄜ情ㄑㄧㄥ意ㄧ， 就ㄐㄧㄡ有ㄧㄡ機ㄐㄧ會ㄏㄨㄟ寫ㄒㄧㄝ
出ㄔㄨ屬ㄕㄨ於ㄩ自ㄗ己ㄐㄧ的ㄉㄜ詩ㄕ來ㄌㄞ。

春天飛起來

把翅膀摺疊起來，

每隻蝴蝶睡覺的時候，

都把自己變成一片葉子

對摺起來。 每片葉子都整理得好好的，

讓我在上面寫詩； 寫了一首又一首小詩

每一首小詩， 都喜歡愛追逐春天的小孩

跟著它， 飛了起來；

整個春天， 也喜歡跟著他們

飛了起來……

▲ 你以為它們是枯葉嗎？ 不， 牠們是兩隻枯葉蝶。

 延伸・閱讀・想像

* 「想像」 幾乎是寫詩之前就已經開始發生作用， 如果沒有「想像」， 春天是春天、 蝴蝶是蝴蝶、 葉子是葉子、 小孩是小孩……他們怎麼能夠擺在一起， 怎樣能夠發生關係？

* 有了「想像」， 原來沒有關係的就變成有關係， 就產生了新的關係。

黑

影子根本不在乎，
你要為他穿什麼樣的衣服；

他， 永遠只喜歡
一種顏色

過一種不一樣的生活。

固若金湯的七大保全防衛，
拉開了您與凡人的差距！

沒有安全，尊貴將無法立足！沒有安全，美麗將不堪
一擊！縝密的安全佈局，只在對無危害的...
因此，唯有鉅細靡遺，方能...
安全係數，為頂級豪宅守...

【台灣最佳數位神...
安全係數最高的保全...
保全監控、網路系統...
如人體神經般縝密的防衛網...
殊狀況，立即發報對外連結特勤駐警...分
秒之間立即解除危機。同時閣下在世界各地亦可
透過網路金鑰監控家中內部，是目前最安全的頂
級住宅！

【全區無死角監控錄影】
沒有死角的監控錄影系統，安全將備受...
峰擁有最高密度頂級監視器，並採...
型電腦數位錄影主機，監視、...
警報觸發四大功能嚴密提供...

延伸・思考

* 不一樣的生活，可
以是簡樸的生活；
你可以自己選擇的
生活。

2006.4.22

影子說

我是黑色的，
需要光；
有光，我才會出現，
我要讚美
光的偉大！

每一個影子，都要有
一個主人；
有主人，我跟著他
長大或變小，

也跟著他， 走路
或跳舞。

要說我沒有半點兒
自己的主見，
那也不太公平！
有時候， 我會
走在主人前面，
或左邊， 右邊
不一定都當跟屁蟲。

光， 是偉大的
有了光， 我就樂意跟著主人
一起出現！

誰來陪我

雨不睡覺，
雨要我陪她；

貓不睡覺，

貓要我陪她；

青蛙不睡覺，
青蛙要我陪她；

蚊子不睡覺，
蚊子要我陪她；

時間不睡覺，
時間要我陪她……

我不睡覺，
誰來陪我？

早晨的公園

一個人，兩個人，三個人；
一圈，兩圈，三圈；

四個人，五個人，六個人，七八九十個人；
四圈，五圈，六圈，七八九十圈；

越來越多人，
越來越多圈……

樹上的白頭翁， 早安！

草地上的八哥， 早安！

天上穿梭盤旋的小燕子， 早安！

剛剛爬上山頂的太陽， 早安！

所有在公園裡晨運的， 早安！

陌生的朋友們， 早安！

早安！ 早安！

大家， 早安！

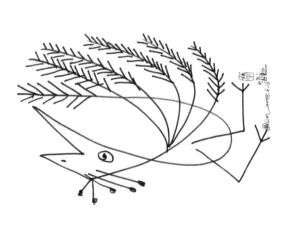

〈 附記 〉

　　2007年7月10日，我應邀到馬來西亞北部吉打州，做為期一個禮拜的巡迴演講。我住在大年市詩友蘇清強校長家，有三天的早晨，天未亮蘇校長夫婦就陪我到社區小公園晨跑。在那兒晨跑的居民，每天大約二十來位；從天未亮到天亮，陸陸續續進出；在那兒活動的鳥兒，牠們的出現也有先後不同的習性，三天觀察下來，覺得滿有趣，就寫了這首詩；我好像是用文字當攝影機，把他們（包括鳥類）的活動，全程錄下。

春天在路上

我不忍批評她，
該來的時候，
她就會來。

在路上，她總有些事要忙；
比如什麼時候要開的花，
她總得為她們做些準備呀！

延伸‧閱讀

* 不要抱怨，多為他人想，很多不必要的誤會就可以避免。

* 人生，難免有不盡人意的事；多些寬容，就有更多美好的想像、美好的感受。寫詩，可以追求這些。

春天，孵出一群
夢的仙子來

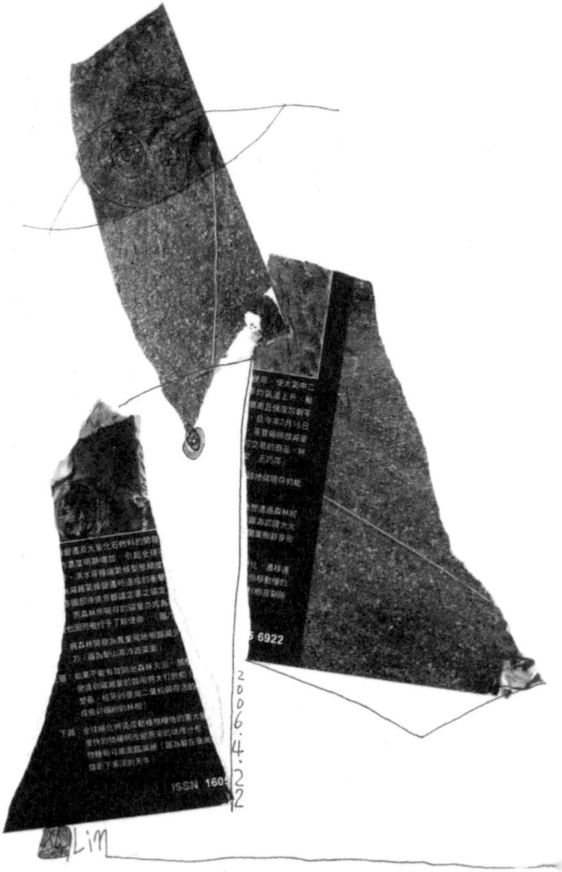

霧，掉下來

雲，掉下來

天，掉下來

時間，掉下來

（我彎著腰，趴在地上
尋找它們的影子⋯⋯）

風在笑，　笑出聲音來
草在笑，　笑出小手來
花在笑，　笑出芬芳來
樹在笑，　笑出翡翠來
鳥在笑，　笑出銀鈴來

（我也在笑；　笑出春天的被窩裡

孵出一群夢的仙子來⋯⋯）

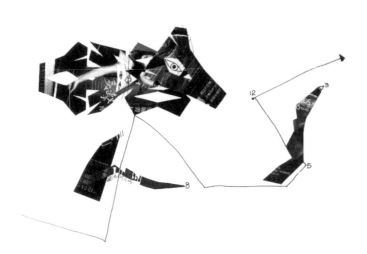

不跟您說笑話

—— 這是一個嚴肅的話題

地球是一個，破碎的蛋殼

有些碎片，早已成為汪洋中的小島

有些小島，時而露出水面

更多的是，被海浪淹沒

我站在一片落葉上，和一隻螞蟻對話

牠有先知的敏覺，可以聽到

我們聽不到的聲音。 牠說：

這個蛋殼， 碎裂的聲音

越來越大！

 我怎樣寫這首詩？

　　寫詩的人， 是否都比較多愁善感？ 其實也不； 每天看到天災人禍， 你能無動於衷嗎？

▲ 有鳥、 有魚， 你可以為我們寫一首詩嗎？

樣子就是樣子

貓有貓的樣子，
我有我的樣子；

魚有魚的樣子，
海有海的樣子；

鳥有鳥的樣子，
天空有天空的樣子；

▲ 清晨五、六點的時候，太陽剛剛從廈門的海面升上來，有些人在用工作為生活寫詩。

雲有雲的樣子，

風和雨有風和雨的樣子；

花草樹木有花草樹木的樣子，

每一個人有每一個人的樣子；

樣子就是樣子，

樣子就是樣子的樣子……

我喜歡我自己的樣子。

▲ 天將亮，月亮還來不及回家，就被我看到了！

延伸・寫作練習

　　每一個人有每一個人的樣子，每一首詩也應該要有自己的樣子；「樣子」就是「形式」，試著用自己的「樣子」寫一首自己的詩。

玩一首詩‧編後語

「如何寫好一首童詩？」是許多小朋友和童詩教學者都想要知道的，但是每當寫童詩時，卻又不知從哪裡寫起。也許應該先學會閱讀詩開始，不論新詩、古詩、本國詩、外國詩，也不管是兒童詩還是成人詩，仔細閱讀再進階為賞析，

　　讀得多、想得多，要寫詩就不是難事了。

　　一本富有「自由創作精神」的童詩集，我們希望除了童詩文本外，儘量多用圖片表現，減少文字的敘述，詩原本就具有較多的想像空間，讓讀詩、寫詩、玩詩都充滿自由活潑的氣息。

語言文學類　PG0405

飛，我一直想飛

作　　者 / 林煥彰
責任編輯 / 邵亢虎
圖文排版 / 郭雅雯
封面設計 / 陳佩蓉

發 行 人 / 宋政坤
法律顧問 / 毛國樑　律師
印製出版 / 秀威資訊科技股份有限公司
　　　　　114台北市內湖區瑞光路76巷65號1樓
　　　　　電話：+886-2-2796-3638　傳真：+886-2-2796-1377
　　　　　http://www.showwe.com.tw
劃撥帳號 / 19563868　戶名：秀威資訊科技股份有限公司
　　　　　讀者服務信箱：service@showwe.com.tw
展售門市 / 國家書店（松江門市）
　　　　　104台北市中山區松江路209號1樓
　　　　　電話：+886-2-2518-0207　傳真：+886-2-2518-0778
網路訂購 / 秀威網路書店：http://www.bodbooks.com.tw
　　　　　國家網路書店：http://www.govbooks.com.tw
圖書經銷 / 紅螞蟻圖書有限公司
　　　　　台北市114內湖區舊宗路2段121巷19號（紅螞蟻資訊大樓）
　　　　　電話：+886-2-2795-3656　傳真：+886-2-2795-4100

2010年11月BOD一版
定價：500元

國家圖書館出版品預行編目

飛,我一直想飛 / 林煥彰文. 圖. -- 一版. -- 臺北市：秀威
　資訊科技, 2010.11
　　面；　公分. -- (語言文學類；PG0405)
　BOD版
　ISBN 978-986-221-617-0(精裝)

859.8　　　　　　　　　　　　99018606

讀者回函卡

感謝您購買本書，為提升服務品質，請填妥以下資料，將讀者回函卡直接寄回或傳真本公司，收到您的寶貴意見後，我們會收藏記錄及檢討，謝謝！

如您需要了解本公司最新出版書目、購書優惠或企劃活動，歡迎您上網查詢或下載相關資料：

http:// www.showwe.com.tw

您購買的書名：＿＿＿＿＿＿＿＿＿＿＿＿＿＿＿＿＿＿＿＿＿＿＿＿＿＿＿

出生日期：＿＿＿＿＿年＿＿＿＿＿月＿＿＿＿＿日

學歷：□高中 (含) 以下　　□大專　　□研究所 (含) 以上

職業：□製造業　□金融業　□資訊業　□軍警　□傳播業　□自由業　□服務業　□公務員　□教職
　　　□學生　　□家管　　□其它＿＿＿＿＿＿＿＿＿＿＿＿＿＿＿＿

購書地點：□網路書店　□實體書店　□書展　□郵購　□贈閱　□其他

您從何得知本書的消息？

　　□網路書店　□實體書店　□網路搜尋　□電子報　□書訊　□雜誌　□傳播媒體　□親友推薦

　　□網站推薦　□部落格　　□其他＿＿＿＿＿＿＿＿＿＿＿＿＿＿＿＿

您對本書的評價：（請填代號　1.非常滿意　2.滿意　3.尚可　4.再改進）

　　封面設計＿＿＿＿　版面編排＿＿＿＿　內容　＿＿＿＿　文／譯筆＿＿＿＿　價格＿＿＿＿

讀完書後您覺得：

　　□很有收穫　□有收穫　□收穫不多　□沒收穫

對我們的建議：＿＿＿＿＿＿＿＿＿＿＿＿＿＿＿＿＿＿＿＿＿＿＿＿＿＿＿

＿＿＿＿＿＿＿＿＿＿＿＿＿＿＿＿＿＿＿＿＿＿＿＿＿＿＿＿＿＿＿＿＿＿

＿＿＿＿＿＿＿＿＿＿＿＿＿＿＿＿＿＿＿＿＿＿＿＿＿＿＿＿＿＿＿＿＿＿

＿＿＿＿＿＿＿＿＿＿＿＿＿＿＿＿＿＿＿＿＿＿＿＿＿＿＿＿＿＿＿＿＿＿

11466
台北市內湖區瑞光路 76 巷 65 號 1 樓

秀威資訊科技股份有限公司　　收

BOD 數位出版事業部

....

（請沿線對折寄回，謝謝！）

姓　　名：＿＿＿＿＿＿＿＿＿＿＿＿＿　年齡：＿＿＿＿＿　性別：□女　□男

郵遞區號：□□□□□

地　　址：＿＿＿＿＿＿＿＿＿＿＿＿＿＿＿＿＿＿＿＿＿＿＿＿＿＿＿

聯絡電話：(日)＿＿＿＿＿＿＿＿＿＿＿　(夜)＿＿＿＿＿＿＿＿＿＿＿

E - m a i l：＿＿＿＿＿＿＿＿＿＿＿＿＿＿＿＿＿＿＿＿＿＿＿＿＿